懐情の原形

ナラン(日本)への置き手紙

ボヤンヒシグ・著

英治出版

懐情の原形——ナランへの置き手紙

祈り

僕は太陽を描こうとしたが
色彩が足りなかった

母は僕を
陽の当たらないところに
睡らせた

そこには色彩が揃い
踊っていたが
僕にはそれをつかむ手が足りない

［見返し］モンゴル詩の訳文

懐情の原形——ナランへの置き手紙［目次］

装幀――古田　修

懐情の原形——ナランへの置き手紙

居場所

僕はいったい何者であるのか、僕は今どこにいるのか。晩秋のある朝、目が覚めたばかりの僕（自分について考える場合「僕」という一人称は出現しないことが圧倒的に多い）は自分にそう問いかける。昨夜から降り始めた雨が止んだようで、名前も知らない小鳥が一羽ベランダでさえずっているのが聞こえる。

目が醒めてぼんやりしている時、何語でものを考えているのだろう。正直にいってはっきりわからない。植民地支配によって地図を広げた西洋のことばとは、あまり無縁のまま不惑といわれる歳に近づいている。僕は、三つの東洋のことばを吃りながら操ることができる。モンゴル語と中国語と日本語である。学んだ順で並べてみたが、当然モンゴル語は僕の母語であり、物心がつく頃からモンゴル語で自分の居場所を確認することができた。

僕は小学校三年から二つのことばを同時に学ぶことになった。モンゴル語と中国語。その国で、少なくとも日常的により自由に生きるためには、この二つのことばは必要とされたのである。ただ一つのことばで、自分の居場所を確認できるという信念は揺れる。

実は、僕らの日常生活のなかに、知らず知らずのうちに日本語でいう「音読」のような中国語がたくさん使われていた。それはあくまでも「外来語」であった。しかも、モンゴル語と中国語は文法構造などが根本的に違うため、かなり変形していた。

僕の中国語も教科書と『新華辞典』に頼り、会話するチャンスはほとんど恵まれないまま、フフホト市にある大学に進学した。フフホトは内モンゴルの首府というものの、中国語ができなければ一歩あるくのも心細い町であった。ことばが越境してくる。この地域では中国語が当然のことになっていた。僕らは自分でことばを選ぶことはできなかったのである。

大学では三つのことばを同時に学ぶ。外国語として日本語が加わったのであった。戦前、日本に留学していた先生が、「モンゴル人には勉強しやすい」と勧めてくれたのである。しかし、勉強しやすいというのも入門する時のことだけであった。片仮名、平仮名、漢字（音読、訓読）、外来語、敬語……、気が遠くなるほどの難しさ。今でも僕は片仮名に弱い。

母語で詩を書きはじめて、大学を無事卒業し、北京の某出版社に勤務することになる。そこではさらにたくさんのことばが生きていた。中国語、モンゴル語、チベット語、ウィグル語、カサフ語、朝鮮語。オフィスビルは、いかにも中国諸民族言語辞典のようだった。

毎日、中国語とモンゴル語で仕事するうちに、僕が一所懸命身につけた日本語はおしくも冬眠していた。七年勤め、ようやく北京にも愛着を持つようになっていた。そんな時だった。日本に留学することが許可されたのは。

ある程度の日本語の基礎はあるとはいえ、生の日本に対しては、予備知識はほとんどなかった。のるかそるかの気持ちで、日本の地に足を踏み入れる。「失われた時を求めて」の七年のはじまりであった。

緊張する時、三つのことばを交ぜ合わせてしゃべっている。在日内モンゴル人しかわからないことばのミックス。自分はどこへ行っても、ことばに悩ませられる運命かと、コンプレックスすら感じたことがあった。

僕は、図書館、大学院、本屋、区役所、病院、交番、駅、居酒屋、喫茶店……から自分の眠っていた日本語を復活させ、増やす。そうした忙しい毎日が、案外と僕を楽しく、かつ単純な生活のリズムに乗せた。

ことばの日常が、僕の非日常に影を落とす。夢の中にも、三つのことばが、一つの権力を奪いあい、譲りあい、分かちあい、従って僕はことばに疲れる。

故郷で十九年、フフホトで四年、北京で七年、日本で七年、あわせて三十七年。今はいつ。ここはどこ。僕はことばの中からその答えを探す。それは決して書式的な手続きを意味する場所ではなかった。住所などはどうでもいい、ノマド（遊牧民）にとっては引出しのような住所よりも山の名や河の名がはるかに大事である。

不安定な状態こそ僕の居場所。僕自身が僕の居場所。この三つのことばが等辺三角であったとしても、それが常に膨らんだり歪んだりする。時としては消えたりもする。それがわが家なのだ。

石の重み

小さい頃　僕は吃りがひどかった
そのため　丸くてすべっこい石ばかり集めて
一人で吃りながら　遊んだ
おとなしい子とよく言われながら
家畜の世話をするのが　好きだった

たくさんの色とりどりの石が
今　一つもない

僕は　吃ることもできない
口が走ってゆく
僕は　とり残される

風の四季

日本の四季感覚からみれば、モンゴルの四季は随分と変わっている。四季は文化だということだ。僕はモンゴルの隅々までは、歩いていないけれど、モンゴルのどこの地域でも四季は大体分かる。というのもそのどこまでも届くような風の便りが、いつも僕に時を告げているからだ。広いところの風といえば、乗り物である馬そのもの、それに乗っている人間の皮膚や毛髪そのものである。あるいは直感そのものである。今、僕の肉体はもうほとんどが「両替」されているにもかかわらず、モンゴルの風に対しての記憶はひそかに生きている。僕のすべてが、モンゴルで二十年あまりも生活している間、その風によって流動的に彫刻されているからである。その風があったからこそ、僕はモンゴル人であり続けているのだ。

旧暦（モンゴルの四季は、否モンゴルのすべては西暦では語られない。暦とは風土が生むものである）十月から川や湖の表面は厚く凍りはじめ、痛むほど寒い。長い冬がやってくる。凍らないで静かに音を立てながら流れているのは泉だけ。それを黒い水という人もいる。不思議なことに、泉は夏には最も冷たい水だが、冬は凍らない。頑固な水である。零下三十度にもなる外の寒さの中で、僕は楽しく暖かく遊びまわった。主にスピードスケートや山めぐりだったが、今考えるだけで震えてしまうくらいのゴラクだった。寒さのために、牛たちが角に痛みを感じとっているせいか、頭を横に振りながら必死に走ってくる。人間のノウミソも凍ってしまうだろうと思う人も多いかもしれないが、実は寒い時の頭はとても冴えている。だから頭を冷やすことも時として必要だと思う。冬の風は寒くて強い。大雪が降っても、吹雪になって風とともに去っていく。積もらない。たとえ風が吹かなくても、寒さそのものが、強い風の実感を人の骨や芯まで伝える。外の仕事は勇ましい男たちの天職。彼らの顔に風の指紋が刻まれている。女たちは家で針仕事（今は消えつつある伝統）や炊事や子育てをやっている。冬は肉がおいしいうえに正月もあるため、結婚式が多い。婚約している娘たちは、最も熱い気持ちをきれいな織物にして持っていく。元気な家畜たちは風の中に自分の居場所を求めているが、虚弱な家畜たちは柵の中に「入院」していて、刈り取ってある緑の草で養生している。その冬も正月を過ぎたら一段落し、昼の時間も長くなり寒い風もだんだんおとなしくなってくる。しかしその強さは、少しも衰えることなく春へとつながっていく。風でつながっている四季のワーク。

春は遙々遠くから、にぎやかに足を運んでくる収穫の季節。家畜の繁殖時期が、草の新芽と一緒にやってくる。冬の風は北風だが、春の盛りの風は四方八方から吹く。厚く硬く凍った大地も、緑の匂いをなびかせる風によって深層から目が醒める。「春眠暁を覚えず」というが、みんな寝坊する暇がない。風が忙しい。家畜が忙しい。新芽も音を立てて伸びるほどの忙しさ。遊牧民は草原でウルガ（馬取りの道具）を忘れたら、みつかりにくいという。草の伸びがそれだけ早いのだ。杏の花が山いっぱいに咲き、どっちが花でどっちが山羊や羊か迷ってしまうほど。

夏は短い。その短い時を思う存分楽しもうと、小さくて色とりどりの花が草の間に咲き乱れる。大きな花は草原にはふさわしくない。夏自体が小さいのだから。一日何も食べずに外を歩いていてもおなかが空かないほど、まわりは刺激的。豊かな風の中に乳製品の匂いや野生の韮の匂いなどが満ちている。一見、控えめの夏だが、そよ風にのって海の鳥も訪れてくる。通り雨の雷も激しく、僕は稲妻によって空の裂け目を初めて見た。風は疲れて居眠りすることもある。その時、大人たちも僕ら子どもも口笛を吹く。風を呼び起こす方法だという。風が再び動きはじめる。僕らは笑う。ちいさな蝶たちの羽が拍手するかのように花から花へ飛ぶ。その瞬間の喜びを目にする時、秋の風も近くの丘のすぐ向こうに来ているような気配。草も熟しはじめ、肉のスープも味濃くなった。秋の皮切りは草刈りである。

朝と夜は冷え込んでくるが、正午の太陽はやはり素直に焼きつける。黄金の秋に、モンゴルの男たちは無口になり、草刈りに一心不乱。踊っているような歌っているような風だけが、彼らにとっては唯一の褒美だ。黄金一色の草の波が見渡す限りに、その風の動きを巧みに見せる。そんな時、どこか遠くへ行きたい、あるいは生涯この郷里を離れたくないという複雑で悲しいような、寂しいようような気分が自然にわき起こる。それが秋の風なのだ。渡り鳥が暖かいところへ帰っていく。花も草も静かに種を落とす。春から夏までかわいかった家畜の子どもたちもうるさい大人になって群れの仲間入りする。色彩のにぎやかさも全く消え去り、黄色から灰色へ草原が変わっていく。時に誰かが哀愁をおびた長歌をのびのびと歌うが、しばらく経って静まる。秋も終わりだ。風のテンションが高まっていく。地球が丸いというように、風もどこか遠回りして戻ってきて、鎌の刃を鋭くするのだ。折々の折り目のところに、いつも僕が待っている。

二十年前からのプレゼント

手紙を書かない、手紙をもらってもたいした喜びがない世の中は、ちょっと寒い。Ｅメールなどはかえって冷たい。
僕は、このような詩を書いたことがある。

すきとおる二十年の向こうから
何十行　縦書きで　素直に
静かに歩み寄ってくる
元気な字

手作りののりがかおる
一息のきれいな空気が
あの小さな白い町より
はるかに　かるい
午後三時
封筒を切る
赤いはさみは
鋭い　が
僕はどこかで鈍い

二十年も会っていない、中学同窓の女性から手紙をもらってから書いたものである。

仲はよかったが、恋はしていない。恋がひそかに芽生えていたかもしれないが、心の外側に浮き彫りになっていない。

表情が豊か、しかし表現がとぼしい二人は、草刈りが始まる秋の小さなバス停で別れた。涙もない、笑顔もない、午後三時。それっきり、二十年。

ムシェルは遠くへ行くのはこわいといっていた。今は、その気持ちが分かる。

僕より素敵な男と結婚し、三人の小さなムシェルを生み、幸せいっぱいな日々を送っていると母から聞いたことがある。やはり、僕らの笑い声がすみずみまで滲み込んだ、その静かな町から離れたことがなかったらしい。

手紙は次のように書かれていた。

もうそろそろ四十になる私が、あなたにはじめて手紙を書いています。ナラン（日本）という国が地球のどのへんにあるのか、分かりませんが、この手紙があなたの手に無事に届くことを祈っています。

時々、私はあなたのことを思い出したりします。五年前か、あなたが、私の町のバス停に立っていました。声をかけるのがとても恥ずかしくて、遠くからみていました。男前になっていました。

今年の秋は、あいにく雨が多くて、草刈りが大変心配です。

長女が今年、あなたが学んでいた大学に合格しています。私と瓜二つ。しかしあなたが今、まだ学生であると聞いてうらやましく思うと同時に不思議で仕様がありません。

今度、あなたが里帰りする時、一度会えればと願いますが、会って何を話すか分かりません。人間って不思議なものです。

二十年を横切って、草原と海を渡って、しかも一ヵ月も経て、僕の目の前にわずかにふるえる力の温度。彼女にとって、あるいは彼女の回りの人たちにとっても、手紙を書くということは一つの冒険である。寒くて、広くて、青空がまぶしい草原では無口が一番ふさわしいと思い込んでいた。二十年、厚く包まれた僕の皮膚感覚はにぶい。名付け難い傷痕だけに痛みが走る。真っ白な岩塩に触れたように。

モンゴルで、今も手紙のことをプレゼントという地域がある。文字のない大昔の名残だと思うが、おもしろい。自分が行かなくても、誰かに頼んで、相手にプレゼントを渡す。相手もその返事として何かをプレゼントする。日常生活にかかさないものがほとんど。そういう間接的な交流により、相手がちゃんと生きているという喜びを掌で実感できる。プレゼントのやりとりは、女性が多かったそうだ。ムシェルもその一人でありつづけているかもしれない。

さりげなく、一通の手紙を書くことで、二十年がやわらかくなる。誰かと何かを話したい。あいさつだけでもいい。

僕はムシェルに冒頭の詩を送った。

故里

地図で探せば
故里は一滴の涙

泣かないで
と母から手紙がくる
それを読みながら
私は泣く

涸れることのないその涙は
ノスタルジアを
温かく潤してくれる

故里は地図の上から
涙の目で私をみつめている
永遠の青空を大きくするために
私は故里を遠く
離れている

時計の前にいつも

日本のどこへ行っても、時計がよく見られる。時計の前にいつも僕がいる。溶けることのない氷を内包して。

時間が流れるのではなく、我々人間が流れていると誰かが書いていた。目から鱗が落ちるような感じがした覚えがある。

時計が目につくたびに、僕は自分の流れを計っていると、いつの間にかおずおずと信じるようになっていた。寂しい田舎の小さな駅で、一時間もあとの電車を待っている時、あるいは、大学院のゼミナールの時間とアルバイトの時間をこまかく計算しながら、立ち食いそばを食べている時も、僕はがむしゃらに流れていた。

時計はスピードメーターのようにも見える。高速道路もあれば、道らしい道のない砂漠もあるこの地球。クルマのスピードとラクダのスピードを同時に計る時計はない。

時計は僕を正確に、そして巧みに刻んでいく。僕の生命が止まることができるのは一回限り。それは死という抽象に触ることによって、そこへ吸い込まれていくこと。その時、僕が目にしてきたすべての時計が止まる。当然、時間は闇になり、永遠も終わる。日本に住んで、このことがよく感知できた。

僕は子どもの時、太陽と星と風で時間を計り、毎日変わらぬ日々を送った。時間はたっぷりあったが、時計は持たなかった。今、それが時としてなつかしい。しかし、その時は自分の命の流れを、客観的に、物理的に計ることができなかった。自分が時計であり、時間であることも悟らず、ただ混沌とした自然の移り変わりに忠実に従うだけだった。その僕も十九歳になり、大学に行く。大学の時計台に大きな時計がかかっていた。それが、雪が静かに降るなか、鳴るのを聞くのが好きだった。

モンゴル語で「時間」と「時計」と「時代」と「季節」を「チャグ」というひとことで大雑把に表すことが多い。モンゴル高原は水が少ないため、水についての言葉がとぼしいことは納得する。けれどたっぷりあるはずの時間について、固有名詞が少ないのは、一般的に筋が通らない。しかし、念を入れて考えてみると、それがあたりまえのことだった。言葉は、繊細に磨いたり、刻んだりすることによって繁殖する。つまり、緊張の中に傷つけられたり、また癒されたりすると言葉は豊富になるという訳だ。茫洋としている時間は、モンゴル人の目に馬の色（非常にこまかく分別されている）のようには見えなかった。

日本人の顔からも時計が見られる。モンゴル人の顔からは永遠は見られるが、瞬間はほとんど見られない。日本人の顔からは瞬間がキラキラと目につく。瞬間を永遠と考えているのである。

日本語に朝顔と昼顔と夕顔という花の名前がある。「梅雨」「夕立」「時雨」「五月雨」などの雨の名前もある。このように、日本語の中の「時計」は、枚挙にいとまがない。

その中に、挨拶のことばがある。

「おはよう」「こんにちは」「こんばんは」といいあって、響きのよい言葉と柔軟なしぐさで時間を告げあう。少しずれがあってもおもしろい。例えば午後六時頃、向こうが「こんばんは」と挨拶すると、こっちが「こんにちは」と返事することもある。聞いている僕にとっては楽しい一瞬。日と夜がそのようにとけあうのだと想像するからである。

いつも「おはよう」と挨拶する例もある。アルバイト先ではそうだった。仕事が始まるぞという意味らしい。歌舞伎の楽屋でもそうだと教わったことはあるが、体験したことはない。俗と雅が一緒になることもあるのだなと思った。

念のために、時計を見ておいて挨拶することもある。そういう緊張は体にいいのだが、肌で感じ、勘でいうのも長年の慣れ。

つまらないことに、今は世紀末という大騒ぎ。前世紀末の方がさらにひどかったようだ。本来、人間は自分の一秒、一時間、一日を持っており、さらにいえば自分の世紀を持っているのだ。自分の世紀の始まりも、終わりも分からない、ただ与えられた「間」を生きぬくこと。五十年も百年も同じ。

時計はどこでも見られる。不思議なのは、一日が二十四時間というのに十二時までしか書かれていないこと。時間は物質というのなら、時計はおのれであるに違いない。

思わず、時計の前に立ち止まる。

立派な公衆トイレの屋根の上に、シーンとした夜の公園の中にも時計は生きている。まっさらな青い空にも、古い樹木の切り株にも、猫の目にも……時計が見え隠れしている。

天衣有縫

「天衣無縫」という四文字熟語がある。大修館書店の『中日大辞典』によれば「天人の着物には縫い目がない、自然のままありのままで欠けたところがなく完全なさま」と書かれている。解釈自体は間違いないと思うが、ひとつ気になることがある。「天人」ということばだ。天人には会ったことがない。毎日会っているのは、何でも「天」が付けば敬してしまう「地人」たちである。「パンツをはいたサル」たちのことだ。当然「天衣」も見たことがない。それらしいものといえば、三宅一生の「一枚の布」かもしれない。それにも実は目に見えない縫い目があった。それは生地と人間の皮膚の間、あるいは天と人間の間にある「何か」である。

モンゴル人は天にも縫い目があると考えている。中国語と日本語でいう「銀河」のことをモンゴル語で「テンゲリン・オヨドル」という。しかしこれが「天の縫い目」という意味なのである。さらに「銀河」のことを「テンゲリン・ジャーダス」という人もいるが、これは天の縫合線という意味だ。どちらにしても、天を頭だと考えるからである。だから、モンゴル人は完璧なものを「天衣無縫」だと信じていないのだ。

人間の第一衣装は皮膚だという哲学者がいる。衣装は一体見せるためにあるものか、あるいは身体の何かを隠すためのものなのか、それともその両方なのか。人間はつまり、その矛盾の中にさまよい、ナルシズムないしコンプレックスを感じながら、歩いたり、走ったり、立ったり、横になったりするのである。

そうすると皮膚という衣装は何を見せ、何を隠すためのものなのか。水よりも、ため息よりも、雲よりも柔らかい感触の向こうに、膨大で複雑な組織を軽く包装している。皮膚を内側の深層から織り成し、染めているものはまぎれもなく、血液、体液、骨、関節、肉及び肉の繊維、内臓、様々な欲望めいたものである。見せているのは「天衣」の縫い目に違いない。すなわち、デザインだ。その合理的、あるいは歪んだ縫い目から肉体が歌ったり、呻いたり、叫んだりするのである。

天があまりにも戯れた果てに、ヒトはキズだらけな作品になっている（ヒトがヒトを創ったと思われないから、天がヒトを創ったと自分をだますしかない）。皮膚をまとった肉体は、一見大雑把にもとらえられるが、実は「天衣無縫」の緻密さを持っている。大雑把というのはそのいろいろな縫い目のことだが、緻密さというのはやはりその縫い目のすぐれたデザインかもしれない。しかし弘法にも筆のあやまりがあるように、皮膚の縫い目にもりっぱなあやまりが確実にあるのだ。

「有縫」だから、人間は弱い。つまり、それらの縫い目に頼って、人間の内部のすべてが呼吸している。

頭骨の縫合線は一番大事に隠されている。人間にとって最上の天の次に頭があるからということなのか、その工夫は完璧だが、実のところ、人間の頭は最も未完成な部分なのだ。まだまだ縫ってないところがたくさんあって、毛（糸）だらけになっている。しかし完全にハゲたら完成というわけにもいかない。毛が生えているところはいくつかあるが、男の唇のまわりもその一つ。髭があるため、男たちはどこかで荒っぽい。女の唇はほぼ完成されている。よくしゃべるし、いつもキスを待っているようになっているためである。しかし、彼女たちの唇にもボタンがあればと思う場合もある。目の縫い目は一番きれい。その中に「眼球」という宝石がはめ込まれている。それが黄色であれ、黒であれ、碧緑であれ、青であれ、茶色であれ、「値」が同じなのだ。その「宝石」の光りと、外側のものの光りの加減によって、目は開いたり閉じたりする。表情としての眉毛と、飾りとしての睫毛には文句をいう余地もない。最初から何かをつかんでいたせいなのか、掌にも縫い目がたくさん交錯している。へそ（へその下に人格はないというが、今はむしろへその上に人格がない）というのはボタンであり、身体の上下の境目であり、母体とのつながりの痕跡でもある。ひとつ忘れているが女には（男にもあるが、何の役割も果たさない）乳首というものがある。男たちにとっては、永遠にほどくことのできない炎のボタンに違いない。上手に触っても、勝手に乱暴に触っても、罪の足跡はいつまでも消えない不思議な立脚点。女の膨らみの頂点。

男女の性器も、わざわざ誤ったようなデザインである。死ぬまで完成されないためなのか、風通しの悪い場所にありながら、風通しが良い。それしかないのだからと狂ってしまうぐらいの肉体の熱帯。縫ったり、ほどいたりする余裕のある「消費者」まかせのデザイン……

人間は皮膚を見せることをためらう。だから布、絹、麻、綿、ナイロン、ポリエステルなどを皮膚の上に二重、三重にも着る。しかし、それを全部脱ぎ捨てる幸せな時もある。皆、自分の相手と本来の縫い目で呼びあったり交流する。下手なデザインがあっても、それを巧みに見せる。それが人間同士の最も原始的な縫い目なのだ。

非日常性

二羽の白い鳩が
小さな部屋の窓に
度々　現われる
その都度　僕のペン先から
一つの危険なコトバが
滴ろうとした

何年かの後

雨が降った

二羽の鳩は黒ずんで
いつしか僕の双眼となり
僕はもう　部屋を出ていた

窓ガラスに裂け目がいくつ
空が痛むほど　きれい

部屋は
すべてを知っているかのように
それからずっと空っぽだった

梅雨から杏雨へ

雨が多い国——日本に住んでもう七年が経った。ふられて、ぬれて、さらされて。

春雨、五月雨、梅雨、夕立ち、時雨、小雨、驟雨、土砂降り、秋雨、氷雨、通り雨、長雨、遣らずの雨。雷に伴い、雹に伴い、風に伴い、霙まじりに、雨、雨、雨が降る。僕もいつのまにか、雨男ともいわれたりすることが多くなった。

モンスーン的湿気のためか、もやもやした天気が長く続くが、すっかり澄み渡った秋晴れは、チベットやモンゴルの空と匹敵する。それを日本晴れというのが興味深い表現である。

僕は雨が好きだ。モンゴルは雨量が極めて少ないため、僕の中にも大きな渇きがいつまでも満たされないままにある。日本にいる今は念のため、カバンの中に傘を入れて歩く。けれど、いつも傘を差さずに、ずぶ濡れになって雨を楽しむヘンなくせが僕にある。ちらっと降ってすぐ止む雨の中を、カバンを頭にのせながら、猛スピードで走っている日本人を見かけると、やっぱり頭が何より大事なんだと思う。そのカバンが、シャネルであれグッチであれルイヴィトンであれ、わがブランドはいつも自分の頭ということだ。

日本では傘が雨よりも重要。雨が降らなくても傘を持って出掛ける。いきなり雨が降ってくると、通りいっぱいに傘の花が一斉に咲く。何百円のビニール製も何万円の絹製も、実にピンからキリまで。朝早く駅のホームで、傘でゴルフの練習をしている初老のサラリーマンもめずらしくない。そして、電車の中に、飲み屋の傘置きに、よく傘を忘れる。忘れては買う。また雨が降る。また傘を忘れる。誰かが拾う。山手線にのってぐるぐる回っているように、繰り返す。

日本人は曖昧だとよくいわれる。雨が多い風土が生んだ性格ではないかと思うが、日本人のこまやかさも雨を切り離して語ることはできない。モンスーン的風土が、日本人に独特な繊細さをもたらしたのである。そのため、日本人同士の間にはいわゆる曖昧さは存在しえない。外国人も日本に長く住んでいると、ことばから表情まで、どこか日本風に染まっていく。僕もその一人かもしれない。

僕は梅雨の中をゆっくり歩きながら、駅に向かう。まるで雨女と雨男が日本中でデートしているように雨が降り注ぐ。僕は黒い傘（黒は最も厚みのある豊かな色である）を差していた。東京の低空はきれいだが、高空は汚れているという話しを聞いているからだ。いくら僕の中が渇いているにしろ、僕も水に対して選択が必要であった。

いつも「梅雨」という二つの漢字に惹かれる。中国語でも同じ漢字だが、それをモンゴル語に訳して「グイルスン・ボローン」という。実にりっぱな訳だが、逆に訳すと「杏雨」になる。梅雨も梅もモンゴル地域にはないが、梅の仲間の杏があるので、分かりやすくするために工夫したのである。唐の詩に「春風不過玉門関」というのがあって、モンゴル高原には春の風が届かないといっている。しかしことばの風はいつまでも、どこまでも吹いているのであった。

僕には「梅雨」が、梅と杏と雨として響く。バランスのよい五弁の花とやわらかい雨のハーモニー。僕の心と体をぬらす。

雨の中を僕は歩く。雨脚も歩く。

歩いている人、走っている人、立っている人、不思議に生き生きしていて、それぞれの目的地へと、雨の長いトンネルを通りぬけようとしていた。

僕は今日久しぶりに一時帰国する。梅雨を後にする。雨の少ない故郷にも、少し甘ずっぱい杏が、今頃ちょうど熟しているのだ。

梅雨から杏雨へ。また杏雨から梅雨へ。僕は常に好きな雨の中にいる。

夢

空を泳ぐいっぴきの
魚を見ている
つかまえ
ひとに渡そうとする

冷たい手が
ほのぼのした手の中へ
泳いでいく時

目が醒める

禁じられた手と手が
いつの間にか
胸の上に結ばれていた

書物の中を

書店にちょっと寄ってみたい、古本屋巡りでもしてみたい、明確なターゲットがなくても、そういう気持ちになることがある。そんな時は疲れきっているにもかかわらず、両足がすばやく動き出す。それが趣味なのか、よく分からない。それでいいのだと思いながら、本の中を散歩していく。わが家の窓から見えるいつもの風景のような本もあれば、平原を走る車窓から見えるモンタージュ的風景のような本もある。

書物というのは闇だと思う。読まないと、あるいは最低触るぐらいはしないと、その少しほこりっぽい匂いをかがないと、ひとすじの光も見えない闇。

大学の哲学の教授が「君たち『資本論』ぐらいは触ったこともなかったら、大学生とはいえないな」といっていた。明らかに少しでも読んでみないと、というニュアンスがあったにちがいない。しかし僕は実に触ることもなかった。だから、マルクスは僕にとって終始闇のままである。

蔵書の量で、見栄を張る人もいる。買っておくだけでもエライと思うが、読めばいいのにというのも大きなお世話。イスラムの世界には、空白恐怖感というのがあるらしい。例えば真っ白な壁が怖くて、色とりどりのタペストリーなどでその空白を飾ったりする。書物もなんらかの形で空間ないし人の精神の空白を埋めていく。しかし、書物はあくまでも豊かな闇で、その中にさまようことは一種のしあわせでもある。

本を読めば顔がよくなる、という広告のことばがある。本を読んでも顔が悪くなるということも否定できない。いずれにせよ、顔の善し悪しに本は効く。読むことによって僕らは揺れ動き、立ち止まり、縮んだり、膨らんだりする。読書とは他者との交流だけでなく、自分との交流でもあるからだ。

僕は、ほとんど空もうまく読めない。どんどん変容していく人々の表情もうまく読めない。しかし本は読める。次から次へと読み、次から次へと忘れていく。細胞の記憶に任せる。水を飲んでいるように。

今、僕は千葉中央図書館にいる。

日曜日をここですごすと、日曜日らしい静けさが一層際立つ。中央図書館といっても日常的な中央から、かなり離れているからである。

まず新聞を立ち読みしてから、新刊コーナーへ行く。表紙のデザインを楽しんだり、目次に目を通したり、著者の略歴にも注目したりする。さらに中へと進む。見知った本の顔が、僕を見て見ぬふりをしている。僕はしつこい。何冊か棚から取り出して、大きな窓いっぱいに照り輝く昼下がりの光の中で乱読しはじめる。自由自在に、何のプレッシャーもなく、本と付き合える最高の時間が流れる。

この図書館にひとつの意外なものがぽつんと置かれてあった。南極の昭和基地から持ってきた石である。ガラス張りの箱の中にひっそりと息をしているその存在を目にした瞬間、僕は釘付けになったことがある。これも一種の書物ではないかと。その素朴な感動を「石が一つ」という詩にしてみた。

図書館に南極の石が一つ
ひらいている
凍結された貨幣であれば
石のバンクに返せば良いのだが

次のページが北極にある
氷でできた書物の一ページであった
溶けるという喜びを知らない

もしもそれを再生紙の箱に入れて
君に送ったら
山の奥のすべての石が　きっと
目を開くだろう
君は目を閉じて
僕を見るだろう

決して白紙状態ではないこの書物の中に、おそらく何十億年前の風や闇や稲妻が印刷されているだろう。

僕が毎日出会っている書物もまさにそのように書かれていると思った。数えきれない部屋のような書物の中をいく。喜んだり、悲しんだり、怒ったりしながら。

通称金閣寺

日本にいる間に、必ず一度見ておきたいとずっと思っていたところが一つあった。京都であった。モンゴルの昔の首都であったカラコルムには石の亀しか残っていない。それ以外はすべて消え去ってしまったというコンプレックスのようなものが、僕にはあったかもしれない。

日本で僕が行ったところ、行かされたところは数えきれないほどあるが、京都だけはいつも遠くのままだった。生きていれば黄金のお碗で水が飲める、という古い諺がモンゴルにはあるが、まさにその通りだといっても過言ではなかった。平成十一年十二月六日の午後、僕は京都にいた。

月並みな観光とは、僕はほとんど縁がない。だから、もっとも日本的な京都を満喫するとか、素晴らしいスケジュールもなく、使い捨てのカメラさえ持たず、京都駅のホームにさりげなく降り立ったのである。風まじりの時雨がしらじらと渡っていた。遠くの山の頂きに雪の予感がただよっていた。

駅の正面を出たとたん、あの話題の京都タワーが目に入る。京都にしてはいささか不条理を感じさせるが、前向きの千二百年をスリリングに物語るその姿は、クラシックとモダンのハーモニーとなって、ガラス張りの駅ビルとともに僕の目に写るのであった。

京都の道はまっすぐ。だから「条」が多い。まっすぐの果てに山がある。山に囲まれた京都は、まさに器——型に入っている条理なのである。

いくらまっすぐとはいえ、道は難しい。その上、京都はわき道や裏通りに入ると奥が深い。迷子になると思って、タクシーに乗り込む。同行の友人Mさんが「堀川のホテルから二条城は歩いていけますか」とたずねると、「あんた理屈好きだから行けるよ」と答える面白い運転手さん（あるいは陸続きといったのかもしれない。ああ、日本語はややこしい）。彼のやわらかい京都弁に案内されながら、ホテルに行ってチェックインする。

まず行ってみたかったのは金閣寺。三島由紀夫の小説で知って、いろいろ幻想したこともあった。金閣寺がきっとあると思い込んでいたが、正確な名前は鹿苑寺だという。つまり、金閣寺は通称にすぎなかったのだ。標高が京都タワーと同じ高さに位置する金閣は眩しい。キンカクという響きのように、音を立てるような純金の箔の実感。鏡湖池の澄みきった水面に金閣の逆姿がきらめく。鹿苑寺よりも通称で呼ぶ金閣寺のほうが、有名になったのも無理がないと思った。

僕らは毎日、通称の中に生きている。それがつまり世間である。本来はどうなのか、関係なく通称が氾濫する。例えば、「少数民族」とか「稀有動物」。通称で簡単にひとくくりされる。たくさんの個性が通り一遍にまとめられてしまう。

午後五時前に祇園に行った。夜の町と知っていながら。舞妓が見たかった。おずおずと歩く後ろ姿。古典的な色っぽいうなじ。新幹線と一緒に写るテレビのコマーシャル。僕の予備知識はそれだけだが、京都に限るその光景を一度だけ目にとめておきたかったのだ。こんな時間にいる訳がない、とMさんがいう。

夕方だというのに、祇園の町並みは夜明けのような静けさ。誰かがどこから僕らを見ている視線の気配。落ちついた色合いの、狭い通りの両側に立ち並ぶ店のほとんどの窓には、すだれがかけられていた。結局は舞妓を見ることはできなかった。それで充分だと思いながら、他の通りに飲み屋を探す。

夜は少し雪が降ったようで、朝早く窓を開けるとものすごく冴えた冬の匂いがした。変化に富んだ盆地らしい天気で、清水寺に行く時にはもう晴れていて、暖かい光りが降り注いでいた。

清水寺で僕の京都の旅も終わりだと思うと、僕があこがれていた京都とは、やはりことばの中で成長してきたものであった。実際に京都に来てみると、新しいことばたちが、さらにざわめくのであった。清水寺とは、僕にとって「清水の舞台から飛びおりる」ということばそのものであったが、生で見ると、ことばではまとめがたい複雑でしかも豊かなものがあって心を打たれる。

――大阪は遠いですか。

——昔は遠かったけどね。というMさん。
僕は大阪に仕事しに行く
京都、おおきに。

チンギスハーンはノマドだった

日本にはジンギスカンという料理がある。そして一世を風靡した「チンギスハーン」という歌がある。旧ソ連の作家にはチンギス・アイハマトフという人がいる。

「チンギスハーン」というモンゴルウォッカはモンゴル人に今非常に人気だが、それを呑んでわいわいとしながら自らがチンギスハーンになった気分でホラを吹くけれど、翌日、空きビンをゴミとして処理する時、かならずラベルをとっておく人もいるという。ラベルにチンギスハーンの肖像があるからだ。そんなことの繰り返しだけということを考えると、「もし、チンギスハーンが今生まれたとしたら、きっと不良だ」というT氏のことばも過言ではない。

モンゴルにはチンギスハーンの名前を看板にしているホテルやレストランもあるが、チンギスハーン大学という大学はない。学校にはその名がロマンすぎるからなのか。

チンギスハーンは学校を創る暇もなかったが、それまで文字のなかったモンゴルに文字を受入れ、暗闇の世界にわずかな光をあてている。それが捕虜の男が持っていた印鑑に刻まれた文字から射してくる異民族の知恵の光であった。それをじっと見つめているチンギスハーンの興奮が、今現在の僕にも瑞々しく伝わってくるような気がする。

その文字が八百年もたたぬうちに、ウランバートルという世界で二番目の革命を経た都市では、今は眠ったままになっている。古いモンゴル文字を捨てて、「新しい」キリル文字を受け入れたのである。

大学といえば、モンゴルがモンゴルになる頃、イギリスではすでにケンブリッジ大学が誕生していた。

チンギスハーンはノマドにすぎなかった。彼の末裔たちもノマドにすぎない。八百年の間、遊牧帝国がごく普通の、しかも存在感のうすい草原と遊牧の国に変わっていく。チンギスハーンのようなカリスマノマドは生まれることはついになかった。「蒼き狼」たちは徐々に羊になっていく。

チンギスハーンは存在したことさえ疑われるほど神様のように扱われ、信仰された。いわばチンギスハーンは多くのモンゴル人にとって、高くて、遠くて、手が届かない天の驕児なのだ（多くといっても、ある人口大国のとある成人病患者の数にも及ばない人口だが）。

フランスの哲学者ジル・ドゥルズはいっている。「ジンギスカンは、やはり大したものですよ。彼は過去から蘇ってくるでしょうか。わかりませんけど、いずれにせよ、違った形で蘇ってくるでしょうね」と。その「違った形」というのは、「知のノマド」を意味しているのではないか。チンギスハーンの時代の「力」から、「知」へと移行することによって「違った形」のノマドになるのではないか。力から知への旅はチンギスハーンという空気を結晶にすることから始まる。

ノマドたちは「運命のように、理由もなく、理性もなく……やってくる」（ニーチェ）ことが度々あった。しかし難民でもなければ、移民でもなかった。遊牧民であった。異文化が新しい牧草のように求められた。馬上の高さから回りを見つめる。地平線がどんどん広がっていき、野性に富んだ知恵が沸く。永遠の天の力を信じ、シャーマンの予言を信じた。とにかく遠くへ走った。チンギスハーンはその中の最もすぐれた一人であった。

チンギスハーンは毎朝ミルクティを飲み、素朴な嫉妬心も持って生きた。そしてその時代の知恵のかたまりとして、小さなモンゴル馬に乗って、大きな世界（地理的な意味に限らない）を手に入れた。悲劇もそこから始まる。

チンギスハーンは確かに死んだ。五十五歳で。その時代にしては、長生きをした。肉体と魂の運動量がすごかったからかもしれない。

お墓は残さなかった。それを地図ではなく、天図で探した方が、否想像した方がおもしろい。

何万頭の白いラクダと何万頭の黒い馬が、チンギスハーンが倒れた土を踏みならしていく。生きていたという証拠さえ残さず。

チンギスハーンは一つの固有名詞として、書物の中に生きているまぼろしのノマドである。

遊牧民が楽しんだ一瞬

駿馬から
離れ立とうとする　速力
もはや手綱には
抑えきれない

すでにして言葉は闇だ
すでにして方向は円だ
月が夜空で

精一杯嘶くしかない

海は遅かった

海は遠かった。なだらかな山々と風にざわめく草と疾走する馬の群れを波にした「草の海」に生まれ育った僕は、三十歳をすぎてからやっと海にたどりついた。荒々しい日本海の出雲崎にである。

海辺に日本酒のワンカップを手に持った一人のおじいさんが、朝の海を眺めていた。水平線が国境線なのか。海の上に国境線がどのように描かれているのか。波のようにそれが常に揺れ動いているのか。あるいは国境線とはもはや概念にすぎないものなのか。といろいろ想像しながら、おじいさんに近寄っていき、一緒に記念写真（写真はあまり好きではないが）を撮らせてもらった。老人と海と僕の唯一の写真である。海という重みを背負って、自分を軽く写す勇気はそれが最初で最後であった。なぜかわからないが、これからもないだろう。

海は草原よりはるかに膨大なものであった。どこからスタートしてくるかが分からない春先の大きな波が、遠くから一万頭の白い馬が走ってくるようにやってきて、海岸線にぶつかり、戻っていく。戻る途中で後からくる他の波とぶつかりあい、激しく大きくうねり、やがてしずまる。大陸では決して目にしない光景で、壮観である。

モンゴル人は、昔から一番大きなものを海に例えるが、海を何に例えるか、僕はどうしてもふさわしいことばを思い出せなかった。僕の知っていることばがすべて、その底のない深さへ滑り込んでいくような気がした。海は海に他ならないものであった。椎名誠が草原を「草の海」と書いているが、もし僕が海を「水の草原」と書いたら、何だかばかばかしいことになる感じがする。海と草原は、広さにおいてどこか似ているようだが、他はすべてが違う。思想も、ことばも、リズムも、音も、色も、時間も。海は大きな不安定の中に大きな安定を抱えるが、草原は大きな安定の中におおきな不安定を睡らせているようなものだ。

海を肉眼でみたモンゴル人は、昔はおそらく「冬の花、昼の星」（極めて少ないという意のモンゴルの諺）だったに違いない。「蒙古襲来」で日本でも広く知られたフビライハーンも実は、海を実感したことがなかったかもしれない。

海は比喩として、モンゴル語の世界にちりばめられている。海のことを「ダライ」という。大きな湖のことを「ダライ・ノール」（海湖）、最も豊かなことを「ダライ・バヤン」（海豊）、チベット仏教の指導者の名を「ダライラマ」（海のような偉大なラマ。モンゴルのアルタンハーンが付けた名前。ちなみに、ダライラマ三世はモンゴル人であった）と呼んだ。中国の永田町でもある北京の中南海の名も元朝のモンゴル人が名付けたといわれている。もともとは大きな池を指しているようである。僕の父の名も「ボヤン・ダライ」というが、強いて訳すと「豊の海」になる。力士の名めいた響きがあるが、父は相撲取りにはならなかった。とにかく、「海」はモンゴル語の空に綺羅星のように輝いて、渇いた大陸に遠くの潤いをもたらしているのだった。「来世、海の水で洗って生まれ変わっても汚い心は清らにならない」ということばもその一つであろう。

その海との出会いが遅かった。北京から天津に何度も行っているが、その近くの塘沽港には行かなかった。海と出会うための心の準備がその時はなかった。というよりも海を受け入れることばの容器が、あまりにも小さかったのかもしれない。いずれにしても海には遠慮していたようだ。

日本といえば海に囲まれ、京都が山に囲まれていると高校の世界地理で学んだことがあり、日本海が男で太平洋が女とも聞いたことがある。

一九九二年七月八日、その僕が日本にやって来た。「元寇」の末裔としてとはいえ、必要な入国手続きを済ませて、成田空港に着いたのである。飛行機の上から紺色の海と白い雲が見えたが、その一瞬、モンゴルの夏の空を見下ろしているような錯覚を覚えた。何でも眩しい日本が僕を待っていた。

何度も海に行った。出雲崎、陸奥湾、九十九里、東京湾、関西空港。いつも海に圧倒されるばかりであった。海に出る隅田川、江戸川をも見た。海から襲ってくる台風に、ベランダに干してあった洗濯物をなくしたこともある。海の幸も結構味わった。モンゴル人は海藻を食べた方がいいとすすめられ、サラダにしてよく食べた。海は昔僕のモンゴル語の中に流れていたが、今は、体内にもしみ込んでいる。

しかし、海は僕にとって相変わらず、遠い存在であるのだ。本当の海は永遠に僕の後ろにあるのかもしれない。一人の老人と一緒に。

自動と他動と

最近、日本にカブト虫の自動販売機があると聞いて、電子工学の国もここまで来たのかと感服した。

すべてが自動的になれば、もう幸せというのも自動的に来るのではないか。しかし自動で出来ないもの、他動に頼ることもこの世では少なくない。

一人の先輩が、よくワープロやパソコンなどの自慢話をしていた。自動翻訳ソフトもあるという。その時僕は、右手の中指にタコができたくらい手書きにこだわっていた。自動翻訳ソフトの話は、僕にしては当然半信半疑だった。百聞よりは一見と思って、わざとオクタビオ・パスの詩の英文を邦訳してもらうことにした。さすがにパソコンも吃った。ざまを見ろと思った。結果は失敗。出来上がった訳文は魯迅の「狂人日記」のようなものだった。僕にとっては勝利のようなもの。それが僕の勝利ではなく、詩の勝利であった。詩には「電脳」で考えられない天性があるからだ。つまり、詩は肉体的、あるいは皮膚的、心的（合理的でない）なものであるからである。

しかし、日常はもう自動だらけ。本心から機械が嫌いな僕の日常生活も自動的に動かされている。上り電車、下り電車に乗る時は、自動改札口を通る（通れない時もある）。冬の真夜中、温かい缶コーヒーなどを買ったりする時、小銭を入れて指一本で押すだけでカランと落ちてくるその喜びは、何ともいい難い快感。人間は自分をも裏切る。その裏切った自分と裏切られた自分が見事に一緒になって、はじめて一人前になるのであった。

自動小銃で殺されたというニュースはしばしばある。殺された人がきっと自動小銃の前に自ら立ったのだという錯覚さえ覚える。

千年虫という中国語がある。いわゆる二千年問題、つまりＹ２Ｋのことらしい。人間がその虫の生みの親でありながら、それをザンコクに殺さなければ西暦二千年が始まらないような、上を下への大騒ぎ。電脳が狂ったら、水が止まる、あかりが消える、街が止まる、翻訳も止まる、という。

自動と他動が乱れる。しかし、いつでもどこでも、自動翻訳ができる人のことばは詩にならない。西暦の数え方も、僕らは自動的に受け入れた訳ではないし、それが唯一の合理的な暦とも思っていない。自動を他動的に受ける悲しい歴史もその中に含まれているのだ。

僕の育った内モンゴルでは、大きな自動装置が働いている。家畜はその頭の中に自動装置を持っていて、夜明けと共に起きだして自ら草原に出向き草を食む。人はそれから起きだして仕事をする。目覚まし時計は家畜にも人にも内包されている。火を起こして、ミルクティを沸かし、チーズもヨーグルトも、羊を捌くこともすべて自分の手によらなければならない。自分が動きださない限り何も食べられないのだ。大自然の営みという自動装置の中で、生き物は見えない手によって他動的に動かされている。しかし自動的でもあるのだった。

自動は自動でいいと考えるが、無理矢理に自動の限界へ走ることによって、ヒトの世界も歪んでくる。ヒトも自然界の中では、最もすぐれた「自動装置」であり、その限界に至ったら、自然に「無」となるのである。

家畜が先に……

「モンゴルで一番働いているのは五種類の家畜だ。人より早く起きて、人より遅く帰ってくる。ほとんど放し飼い」

モンゴルとゆかりのあるY氏のことばである。五種類の家畜とは羊、山羊、馬、牛、駱駝だが、耳が痛い話だ。

モンゴル人は目がいい。目で放牧することさえできるという。家畜が草原で姿を消さない限り、安心して家にいる。どっちが「カチク」かと疑問に思うほど。その遠くまで届く視力も、ちょうど地球の額にあたる広い草原からの賜物というしかない。

モンゴル人の記憶力もすごい。何百頭の羊の群れに目を通すだけで、そろっているかどうかすぐ分かる。よその国の人は、それに圧倒されるかもしれないが、広い草原に純粋に生きていると、それぐらいの記憶力があるのは当然のこと。形にあふれた都市とは対照的に、草原には形のあるものは極めて少ない。一般的にいえば、記憶力とは形を覚えることである。形のないものの豊かさにこそ、人間の魂が宿って知恵の源になっている。それを引き出して、形にすることは実に至難の技である。

赤い食べものと白い食べもの。肉と乳製品のことである。それを主食にして、モンゴルは今に至る。栄養バランスがよく取れないのではと聞かれて、家畜は草食だと理屈っぽく答えるモンゴル人。なるほどと思う時もある。

野菜と草の新芽のことをモンゴル語で同じ「ノゴー」という。その「ノゴー」から「ノゴーン」(緑)という名詞ができている。緑が家畜という工場を通過して、赤と白になる。その赤と白がまた人の体内に緑の繊維を響かせる。

家畜が先に行く。遠くから、緑と赤と白を運んでくる。青も運んでくる。

太陽が家畜の背中の上に輝き、月もまた家畜の耳や角の上に満ちたり欠けたりする。

家畜が先に、質の良い水とおいしい牧草を求めて移動する。ヒトも、うまい肉と新鮮なミルクとカシミアを求めて、その後から移動していく。風土が生んだ、自然体の生き方である。

内モンゴルでは、この何十年の間、豚も家畜の仲間入りしてきている。回教のような宗教的な決まりからではなく、生理的に豚を拒否するモンゴル人は、今も多い。

本来、豚には何の罪もないはずだが、文化的価値観に於いて考える場合、豚のイメージがかなり違ってくるのである。つまり、ブタはモンゴルの風土にふさわしくない外来文化であるということだ。豚は鼻先でやせた土地を掘り起こすこと、そして人とほとんど同じものを食べること、とにかく豚は汚い。しかし、モンゴル人も科学すれば、豚を上手に利することもできないわけがないのである。

遊牧しない都市のモンゴル人には「時」というカチクがある。それは「放し飼い」するわけにはいかない。

家畜は遊牧民の財産のすべて。食品センターであり、銀行であり、交通機関であり、友だちでもある。

馬頭琴はどこまで響くだろう。

文字という生き物

モンゴル文字は、縦書きで左から右へと表記する。一つ一つのことばを文字にすると、長さがそれぞれ違うため、横書きは不適当なのでほとんど縦書きである。この頑固な縦書き文字についてモンゴルの文学者B・リンチン博士は、それはなにかを首肯きながら読むための文字に他ならない、といったという。当然このことばは日本文字にもいえそうだが、今日本では横書きも流行っているらしい。東京大学出版局から刊行された知の三部作などの書物は、完全に横書きになっていることはその一つの例である。二千年を平成十二年というように日本人は、どちらかというとやはり「ながら族」なのだ。

なぜモンゴル文字が左から右へと書くかといえば、それはモンゴル人独特の考え方に基づいているといえそうである。つまり文化人類学的にいえば、モンゴルの男性的空間は北（上座）と西（右と同義語で一般的にバローンという単語が当てられる）である。女性的空間は東（下座。左と同義語で一般的にジューンという単語が当てられる）である。日常的にいっても、モンゴル人は左（左手のことをボローガルあるいはソロガイガルというが、いずれも正しくないの意）から右（右手のことをジュヴガルというが、正しいの意）へ、外から内へ、東から西へと、いわば自信と安定感のある方向へものを運ぶという習慣がある。例えば針先や刃物の刃などを内に向けて操ることなどがそれである。昔、モンゴル軍団が西へ西へと行ったことも、その正しい手――右手への一辺倒によるものといえるかもしれない。文字もまた左から右へ、外から内へと表記するのが自然なのだった。常に南を見下ろして、北を失わずにものを考えるモンゴル人にとって、西と右、東と左がほとんど同じ意味で受けとめられたのだ。

文字保護団体があればと願うほどめずらしいこの字体は、歴史に登場してから八百年あまりもたくましく生きている。その長い歳月の中で、宗教や政治などの様々な原因により、一部地域において他の文化圏の文字や表記法（例えばキリル文字などの横書き文字）に席を奪われている。しかしこの文字の生命力は、今も衰えることなく息づいている。英語一色になりつつある今の世界的風潮に対して、それは何かを物語っているに違いない。文字という生き物を道具にすぎないと思う人は多いかもしれないが、その肉体には哲学や美学はもとより、一つの民族の哀愁までしみ込んでいるのだ。また、ことば同様に命の乗り物として、やさしく、平等に育んでいる数少ない神と人間に感謝しなければならない。

僕はモンゴル文字で、紙の上に、砂漠の砂の上に、積もった雪の上に、さらに鏡のような静かな水面に、自分の夢を描きながら、少年時代を送った。大学に入学してからは、中国語、日本語、日本の大学院ではフランス語を学び、頭の中は随分にぎやかになったにもかかわらず、モンゴル文字で何かを書く時だけは、いつもと違った一種の深く静かな興奮を覚える。それが力であれ、無力さであれ、僕は自分の手で世界をつかもうとしているからである。

モンゴル文字は僕にとって永遠の故里であり、祖先からの最大の文化的遺伝でもあるからである。
　他の国のことばや文字で仕事をしている時も、邪魔にならないし、それどころか、僕の心の形のない容器となって、どんどん豊かに膨らんでくるのを感じる。知らない人たちには、よく皆同じではないかといわれるモンゴル文字は、実は個性に満ちた文字なのだ。それを僕は誰よりもよく知っている。文字が変わると同じモンゴル人でも、原点を失うこともありうる。キリル文字を使っているウランバートルのモンゴル人は、どこか東ヨーロッパらしさを匂わせる。モンゴル文字をこよなく愛する僕の気持ちを詩に綴ってみることにした。

上から　左から　書きます
自分の正しい方向へ　自分の力の方向へ
自分の魂の方向へ
太陽の道――月の道にのせて

そして時間が高さになり
広さは遠くからはじまってくる
ことば一つ一つが
文字の骨組みを持った肉体となり
地平線の上に降り立つのだ
悠久の天（テンゲル）からしたたる
ブルー雨（ボローン）のように
降り注ぐ光の戯れのように
あるいはそのすべてが織り成す
美しいカーテンのように

羊飼いの娘のはじめての恋文から『蒙古秘史』までが、韻文と散文をまじえながらこのモンゴル文字で書かれたであろうことの、純粋な歓びを僕は詩でしか表すことができなかった。

ゼロといちの間

どこまでが西か
どこまでが東か
知らず　僕たちは
草原のどこかにいた

どこからが君か
どこからが僕か
分からず　僕たちは

それぞれのどこかにいた
否　このすべても
覚えず　真白な果実がふたつ
空へ落ちようとしていた

大地と一緒に揺れる

日本では、地震が日常茶飯事のように起きている。地球の深層も、常に、新陳代謝しているのだ。

僕は最初、慣れなかった。こわかった。

不思議なことに、僕が経験しているほとんどの大地震は深夜おそってきた。僕はいつもその時間帯は起きている。二階建ての木造アパートは地震に敏感に反応する。家を出るか出ないか、戸惑っているうちに、恐ろしい静けさが戻ってくる。眠れない。

徐々に慣れてくる。今は、一種のとんでもない快感さえ覚える。動かないとバランスが取れない。動きすぎるとバランスが崩れる。実に難しい世界。地球という乗り物が生きているということだけは確かだった。

地球は生きている火山により、呼吸している。そのおかげで、温泉を含む自然の数々が人間に恵みを与える。そこで人間が呼吸している。いわば合理的な循環でもある。

歩いていると、普通の地震は感じとれない。どこかで、おなじリズムにのって歩いているからだ。坐っていると、そのリズムがあわない。あわないから慌てる。寝ていると、地震と夢が見事に重なる場合もある。

僕が小学校にいた頃、中国唐山大地震があった。その日、僕は唐山よりはるか北の草原で、ゲルの中にいた。唐山ほどひどくはなかったが、かなり揺れがあったのは確かだ。ゲルの中は、あいかわらずおだやかなムードが漂っていた。

「馬たちが走ってきたのよ。オオカミにでも襲われたかしら」と大人の誰かがいう。好奇心が止まらない子どもたちは外に出てみる。馬もいなければ、オオカミもいなかった。夕暮れのやわらかい光の中に夏の草原が、何の変哲もなく広がっていた。

ゲルは地震の揺れを確かに受け止め、しかもその構造は崩れない。その安全性がもたらす鈍感こそが地震よりもこわい。

僕らは自らの力で、鳥のように空を飛ぶことができない。しばらく地球を離れても、やはりこの青い球体が恋しいと帰ってくるガガーリンたち。

モンゴル語で人間のことをフムンというが、それがラテン語のＨＵＭＵＳと一致している。もともとは、地面とか腐食土を意味するそうだ。つまり、人間は地球の一部であるのだ。地球の七割が水であると同様人間の体の七割も水。海の満潮と干潮も、人間の血液に非日常的なつながりがある。

地震があっても、戦争があっても、革命があっても、おそらく、人間はいつまでもＨＵＭＵＳでありつづけ、大地と一緒に揺れたがる。

白い月の下で

結婚しようと思ったのは大学を卒業してから半年後のこと。同じ会社に就職した同級生の女性と交際してから二年目、僕の中にいつも一緒にいたいという、とんでもない衝動を覚えていた。それが性的なものであれ、繁殖への欲望であれ、あるいはわけの分からない哲学的なものであれ、僕は結婚というものにあこがれはじめたのは確かだった。結婚とは誰でも必ず通過するべき人生の駅でもないし、俗にいう「恋の墓場」でもない。僕にとって、結婚することは、一人以上の未来へ根づくことのように思えた。

丁寧な、あるいはやや乱暴なキスは交わしたことはあったが、それ以上の恐ろしい猛獣には触れてもいなかった。いうまでもなく、抱きたいと思う激しい揺れは、キスという唇サイズのうすい幕の後ろにいつも隠れてはいた。日本ではタバコとお酒は二十歳になってからというが、僕が生まれ育った世間では、タバコとお酒と異性は結婚してからという躾けがあった。本当の一人前になることは、もう一人の一人前と結ばれてからいえるということだ。今考えると少しさびしい青春だったが、そういう時代もちょうど僕の世代に幕を閉じようとしていた。愛しあう二人の間の性も罪のように扱われた「禁欲の国」も内側から門を開こうとしていた。その冬と春の境目のところだった。

北京で結婚届けを提出するはずだったが、ややこしいことが一つあった。区役所で健康診断と性教育を受けることが、なんと義務的になっていたことである。その結果が二週間後に知らされ、もし結婚するにふさわしくないとされる病気がある場合、すぐ結婚することが出来ないという。結婚の意味はもはや個人的なレベルをはるかに越えていた。しかし僕は自分の身体には自信があったし、旧暦のお正月を一週間後に控えていた（結婚はお正月実家ですると両親には知らせていた）。そのため何とかしなければと思っていた。

届けは結局、故郷の村に提出することになった。真冬の汽車の旅は寒かったが、心と体の中には暖かいものがひそかに流れていた。わくわく、ドキドキしながら汽車からバス、バスから馬車に乗換えながら、生家へ。

モンゴル人は旧暦のお正月のことを白い月という。お正月を過ごすことを白くなる、新しくなるという。文字通り、白イコール新という意味だが、白は他にも純粋、神聖、清潔という意味も持っている。故郷はまさにお正月らしく、白い雪におおわれて僕らを迎えてくれた。両親と村人たちの純粋なよろこびも、僕が大学に行く時のお祝いの雰囲気と同じものであった。

届けは着いた日の祭火日（旧暦師走の二十三日）に提出したが、結婚は大晦日だった。式はもちろん伝統的だったが、花嫁側の親戚は一人もこなかった。どこからか、僕が無理矢理に連れてきたようなその外人（おなじモンゴル人でも、遠い里の人をそう呼ぶことがある）を無口でやさしい老人たちは、わが娘のように受入れ、祝福してくれた。その心の広さに改めて感銘を受けた僕は、故郷から一歩も離れなかったように、完全に溶け込んでいった。長い長いモンゴル風の宴も高まり、底の白い夜も深くなっていく。

――兄嫁いるかしら。と母が僕に聞く。

――とりあえずいいですよ、と僕は思わず答えた。母には聞く訳があったのだ。兄嫁や年上の既婚の女性が、結婚したばかりの二人に、何かを教えることが伝統なのだった。そもそも何を教えるか、今までさっぱり分からないままだった。それがもしかして延々と受け継がれてきた経験だったと想像するが、拒否したことに対して後悔する気持ちもある。それが親しい人からの性教育だったのではと思うからである。

一人ぼっちの二人はそれぞれの初めての体験を幸せに過ごしたかどうか、鮮やかな記憶はない。白い月も、はてしがない白い大地も、一滴、二滴の思わぬ赤い小さな驚きを少しでも感じたと思う。

ほやほやの翌朝、起きるのが遅かったため僕は母に叱られる。実はそれが新妻に向けられていたに違いないのだ。花嫁は誰よりも早く起きて、火鉢に火をつけるのが掟だったのである。

ホテルに泊まる時、結婚証明書をフロントで係りの人に見せる。しかし白い月の下の体験だけは、いつも個人レベルのままに熟していくのであった。

線

二人の国境線はきわめて明るい曲線
シーンとした夜明け
入江もあれば　岬もあった
しかもわずかなすき間があり
あたたかい風が光り
出入りしていた

一本の木が

やわらかい影を落とす
影を落とした木は
透明
影はどんどん縮んでいき
木は正午の垂直線

野生の生き物たちの群れが
いきなり国境線を越える

僕たちは　空と高原のように
ゆるやかな稜線を
描きあわせる

「いいえ、はい、そうです」

八月末になっても、北京はむし暑い。二時間前のウランバートルは晩秋だったのに。やはり、万里の長城を越えると、さすがに天気もかわってくるのである。僕は五日間で三ケ国。日本からモンゴル、そして中国。旅にではなく、言葉に疲れきったような気分。同じモンゴロイドとして、顔だちがお互いに酷似しているものの、言葉や食生活や性格がかなり違っているのであった。

空港の税関をスムーズに通って、すぐタクシーをひろう。同級生の誰かに似たような顔つきの運転手は、僕と待ち合わせしていたように喜んでくれた。

北京人は、とにかくよくしゃべる。古くからの名残りなのか、人に何かを教えるのが大好き。「おれがいいたいのは」とか、「いうまでもないことだが」

とか、で始まり、延々と話しに花が咲く。物事に対して、だいたい立派な先入観を持っていて、相手のことを自慢話しているかのようにしゃべるその技は、実に類のないほど上手い。運転手さんも例外ではなかった。

皮切りに「あなたウィグル人ですか」とくる。

「いいえ、内モンゴル人です。はい、そうです」

何年も使っていない中国語で答えたが、昔から慣れているこの質問に、いきなり呂律が回らない答え。

受け継がれている僕のルーツが、遙かトルコとつながっているということで、顔だちが中国人にも似ていないし、実はモンゴル人にも似ていない。中国人にはウィグル人といわれたり、モンゴル人にはカサフ人といわれたり、さらにひどいことに、古代人ともいわれることである。要するに、僕はめったに僕として認められない。日本では、「おまえ、秋田県出身かい」と聞かれたことさえある。何人でもいい、とりあえず「人」がついているからと自分を慰める。

「それじゃ、相撲とりなんだ。相撲とりのことをたしか、ブへというでしょう」

「いいえ、はい、そうです」

「きっと、酒豪でしょう。おれは内モンゴルに行ったことはないけど、映画やドラマにお碗で酒を呑んでいるのをよく見かけたんだ」

「はい、いいえ、そうです」

「全国少数民族運動会に参加するのかい」

「はい、いいえ、そうです」

「モンゴル人って、みんな飾り気がなく、豪放な人ばかり」

「はい、そうです、いいえ」

高速を二十分走って、三元橋を降りるとすぐわが家に着く。二十分間、僕は、正確に答える余裕もなく、つもりもなかったが、結果的には相手を喜ばせてあげたことになる。きっと彼は次の内モンゴル人に、いつかどこかで、同じ質問を自信満々に繰り返すだろう。と思った瞬間、僕は一種の罪の意識を覚えた。

右へ、左へと、案内するのがおっくうで、家の近くの交差点のところで夕クシーを降りることにした。

「知り合いが、北京にいるのだ」と質問と答えがミックスされて聞こえた。

「はい、そうです、いいえ、妻子がこの団地に住んでいる」唯一の正答であった。

午後の焼けつくような太陽光線の下で、運転手は僕と握手し、モンゴル相撲の試合に、優勝するよう祝福してくれた。

いろいろな思い出と荷物を背負って、僕は歩く。これから、妻と娘にも「いいえ、はい、そうです」と繰り返したら、まずいなと思いながら。

黄色と赤色が好きで、試合中にわざとフライングするサッカー選手のことを思い出して、僕は一人で笑った。

フフホトにて

一つの命　三つの方言
五つの家畜の声
七つの母音　九つの欲望

二人
白い巨大な建物の上に
彫刻された馬の　四本の脚
花の六月

東西南北東北東南西北西南
四面八方　上下左右
その中心に
常にゆれ動いている　ゼロ

オオカミが吠える

ニホンオオカミ絶滅。この出来事は、日本の二十世紀デザイン切手の一枚として描かれている。『博物館獣譜』に掲載されたオオカミの図である。動物園ではなく博物館。博物館といえば、冷たくて暗い歴史のローカであり、いわゆる価値の高い死を祭る場所らしい。つまり、とんでもないことで殺しあった「英雄」たちも、そこに含まれているからだ。

オオカミは肉食動物の中ではかなり強い連中だが、雑食のヒトには負ける。ヒトはずるいからである。ところが、ヒトはオオカミを昔から敬遠している。例えば、日本語のオオカミは「大神」であり、モンゴル語の「テングリン・ノハイ」は「天の犬」であり、中国語の「狼」も文字通り「良き犬」を意味するのである。

それもさることながら、オオカミのイメージは怖い。童話の中でよく「オオカミがきたぞ」というが、実はそのほとんどが一つの怖いものの隠喩として定着している。オオカミはいつまでもこないのだった。オオカミと遭遇したことのない人々にとっても、オオカミはやはり永遠のおそろしい存在なのだ。

オオカミにとってもヒトはあまり喜ばしい他者ではない。動物園のオオカミの、あのいつまでも野性の光りが落ちない鋭い目つきを見ればよく分かる。僕の友人のオ・ボヤンウリジという詩人がこんな詩を書いている。おもしろいので、全文引用してみる。

オオカミが吠える
「おれは夜だけ
おずおずとしながら羊を食べる
おまえたちは放牧しながら
昼でも堂々と食べる

おまえたちはいつも
羊がふえるよう
神様に祈る
羊肉がよく切れるよう
包丁に祈る
おれたちを絶滅するよう
山に祈る
肉食獣とおれたちをしかるな
おまえたちも同じなんだ
地球を喰い尽くすのは
ネズミとおまえたちだけだ」

オオカミの立場を、人間でありながらよく考えたユニークな一篇である。実は彼も、保存した羊肉が底を打つと顔色が青くなる「肉食獣」である。

明治三十八年のある日、奈良県東吉野村の山沿いで、一人の猟師が最後のニホンオオカミの死ぬ権利を一瞬にして許してしまった。彼にとって最初のオオカミであったが、そのオオカミが最後のニホンオオカミであることを、彼は死ぬまで知らなかったという。

今まで、人間の手によって絶滅した動物は数えきれないほど多い。それどころか、同じ人間でありながら、相手の手によって絶滅した民族も多い。ことばも多い。文字も多い。

ふり向くと何もない。弱肉強食の世界の王者であるはずのオオカミが吠える。ヒトが怖いのだ。

河魚

女に出会ったら
道をたずねよ　と
教えた人がいた
今まで少なくとも
一人の完全な女には
出会っているつもりだが
彼女も逆に　私に
道をたずねた

一緒にさまよった
それは　道ではなくて
河をさがす　旅であった

いつか河は彼女そのものであった
やわらかい手に沿って　ぼくは
凍ったり　解けたり
流されたりしながら
さかのぼっていく

河の出発点は
冬営地のように
暖かい

モンブランにホットミルクティ

神道と仏教の国もクリスマスイブがにぎやか。大は小を兼ねるというが、今はもはや小が大を兼ねている。日本の中に世界が見られるということだ。宗教にしろ、食べ物にしろ、映画にしろ……毎日、世界が日本に輸入され輸出されている。東も西も、この海の上の橋を走っている。

クリスマスはもうすでに宗教とは関係なくなっている。世界中の子どもがこの世の中にも、年に一度だけおみやげを持ってくるサンタクロースがいることを信じているし、世界中の大人もたまに甘いケーキを欲しがるからである。クリスマスは甘いデートの祭りでもある。みんなが、みんな集まっている場所へ流れ込む。見て、見せて、至福の夜を共にする。クリスマスは遊び心そのもの。

——日本はクリスマスを休日にすればいいのに、と僕がいう。

——前日が天皇誕生日ということを知っているでしょ、といいかえすMさんと僕は今日四時間も銀座の歌舞伎座で歌舞伎を見てきた。もうちょっと飛躍があったらさらに面白いなと思ったが、もちろん僕がいっている飛躍はゲンダイシの飛躍のことであって、かかわりあいのない話しだった。

僕は歌舞伎からクリスマスの世界へと移動中。時間的にも、空間的にものすごい飛躍はあるが、僕はいつもの僕であった。

少し話しは変わるが、僕は大学院で日本文学、特に日本の戦後詩を専攻したとはいえ、詩が専門の先生とずっと巡り会っていなかった。日本の詩人とも。

昨年の暮れ、一通の手紙が僕の運命を変えた。新川和江先生からの手紙だった。先生が選者になっている「産経新聞」の「朝の詩」欄に投稿した僕の作品の返事であった。その手紙に、あの中国の詩人北島がやってくるから日本現代詩人会のシンポジウムに出ないかと記されてあった。ここまでくるのに時間がかかりすぎたが、その時の喜びはおおきかった。詩以外はどうでもよいと考えていた僕にとっては、日本の詩人たちの世界が扉を開こうとしていた瞬間であった。輪が広がっていく。新川和江先生のすすめで、僕は早稲田大学で現代詩作家の荒川洋治先生の授業を受けることになった。詩の年の始まりである。

その荒川洋治先生が今夜、「せっかくだから集まろうよ」と誘ってくれたのだ。いつもは、ゼミが終わって早稲田あたりの喫茶店で先生にご馳走してもらったが、今日は銀座でというから、少しはわくわくした。僕以外は皆、世界中を歩きまわったメンバーだったが、僕がアイルランドに行きたいというと、不思議にも馬が合う面白い人たちであった。

まずビヤホールのライオンでビールを楽しみ、次は画廊へ。いつもよりさらに楽しくて、飛躍に富んだ先生の話しに耳を傾けながら夜の銀座を歩く。銀座にくる用もなかった僕にはすべてが新鮮。

先生がいきなりクリスマスケーキを食べようという。ケーキを食べるには、一番いい日だからと思って喫茶店に入る。景気のいい店だった。僕はモンブランにホットミルクティを頼む。先生が「ボヤンさんのケーキは地味だね」

という。飾りの緑の葉っぱは食べられないでしょうね、と聞くと皆は笑う。「その辺にあるものは全部食べられるよ」とジョークをいう先生。いつもの辛口ぶり。

飛躍のことを考えていたが、僕らの銀座も飛躍に満ちていた。ビールから絵、絵からケーキ、そしてケーキからラーメン、ラーメンからコーヒー、皆が詩的に躍動感に溢れた、やや寒い夜の銀座を掌を温めながら歩いた。それから「よいお年を」と告げあって別れた。

モンブランはおいしかったし、ホットミルクティも温かかった。

青の詩

「青春」とか「青年」とは永遠に魅力のあることばだが、「まだ青い」とはあまりいわれたくない。しかしながら、己れを成熟したとも思いたくない。「青は藍より出て藍より青し」というようになりたいが、二十年間「学生」でありつづけた。見えないところに、やはりまだ「モンゴル斑」が付いている。青の矛盾の中に色とりどりに生きるせいぜい何十年の戯れ。ものを知りたいし、知るのも時として悲しすぎて、過剰には知りたくない。それを量る基準が青だった。もちろんその青とは、植物（お尻の斑点かも）の青に由来する比喩だが。

上を向くことを仰向くという日本語は面白い。勝手な読みだが、上に青い空があるからなのかと思う。そのありとあらゆるものを知り尽くした青が完熟すると星空になる。それが光りの果実といっていい。司馬遼太郎はモンゴルの星空のことを次のように書いている。

「乾燥して水蒸気がすくないために、無数の星が瞬きもしないのである。日本の田舎などで見る星よりひとまわり光芒が大きく、それが実感的量として何千万もの光点が、金属音を立てるようにして光っている」と。「星が降るように」という日本語の表現があるように、千葉の佐倉あたりの星空も、氏のことばに当てはめてもおかしくないように思えた。いうまでもなく氏の目は僕の目よりはるかに鋭いと思うが、空の文化もお互いにそのように認め合う時もある。

空はもしかして最もグローバルなものであろう。「あの青い空も遺跡よ」という荒川洋治先生の詩があるが、それをアレンジして、青い空は未来の遺跡だといいたい。

青いモンゴルという言い方が示す通り、モンゴル人は青にこだわる。青い天、青い旗、青い町、青い馬、青い火……青い青。青は間違いなく、白と一緒にモンゴル人が最も好きな色である。青い着物がモンゴルの花嫁の美しさを一番際立たせる。青いスカーフ、青い帯も若々しい。

粒が見えるほどの青い空に純粋に反射する時、何でもいとしく感じられるが、じっと見ていると、一つの大昔から大未来へとつながる空しさを覚える。青は単純すぎることもあるのだ。いくら燃えるような青でもあきてしまう場合もあるのだ。恋も恨みもそうであるように。青い天はチンギスハーンを始めとするモンゴル人に、聖なる力を与えたかもしれない。しかし、その青いプレッシャーはモンゴル人を地上に墓場もなく、つぶしてしまう恐ろしさも持っている。草原と空の間、すべての生き物たちは、露のように素朴な花あるいは小さな葉の上にしばしの憩いをしてから、空に戻る青の粒にすぎない。

天涯まで草原。草原まで空。膨大な円盤が中心なく、ゆっくりと回っている。だから道がない。馬が走りだせば道なのだ。馬の姿が消えると道も消える。たとえ道らしい道が今年は出来ても、来年の夏には、もう完全に癒された傷のように何の跡も残してない。

今、日本にいて考えるとその膨大な円盤がモンゴル時間のようにも見える。そこにはもちろん、父と母のような勤勉な人たちもたくさんいるが、空をぼうっと見つめることを仕事のように思う僕のようなナマケモノもいる。給料や収入があるわけではないが、何かをみつめることによって祈りを果たすと思うし、僕の場合はすべてのインスピレーションはそこを原点にしていると確信するからだ。青の仕事も僕の性格を「藍染め」してくれたと思う。僕には空の高さも広さもないのだが、小さな低い青はいくつかある。まだ青いということは、やはり空の下、空気の中に生きていることなのか。いつも未熟なまま成熟を向かえることなのか。「青春というものを通過したことがない」（荒川洋治）ことなのか。青い空がいつも僕の上にある。

僕は遊牧民

僕が生まれたのは大草原ではなかった。中国、ロシア、モンゴルと三つの国にまたがって延々と続く興安嶺という山脈の麓である。純遊牧でありながら、蕎麦や粟も耕作する地域だ。

僕は馬にうまく乗れなかった。六歳の時、父と相乗りしていて、落ちた恐怖の記憶があった。そのうえ、ちょうど一人で馬に乗れる時から、学校の寄宿舎に入ったこともあって、馬とつきあうチャンスがなかった。馬は僕からだんだん遠くなっていく。

しかし馬を遠くから見るのが異常に好きだった。特に美しい、荒馬を。その時の馬は馬を越えている。それも時の流れにつれて、やがて抽象的な絵になっていくのだが、モンゴル語の馬の名前が、いつまでもロマンそのものであった。風赤、棗紅、烏白、雲青、水黒、銹赤、銀斑、星斑、月栗……。ことばという純白な玉に刻まれた、モンゴル人と馬の歴史のきれいな模様なのだ。

当然、僕は自分のウルガを持たなかった。ウルガとは細長い棒とその先にある縄からなる馬取りの道具だが、権利や権力の比喩でもある。それを握るチャンスも逃してしまったのである。馬に手が届かないということだ。そのせいか、僕は今でも実家に帰る時、主人のように堂々と胸を張って歩く勇気が足りない。ある意味で、僕はいつまでも客人なのだ。故郷に遠慮することの悲しさがある。

ウルガの代わりに僕を助けてくれたのは、ペンである。ことばを放牧する仕事とのめぐりあい。ペンが僕の権利や権力を意味するかどうかは断言できないが、原稿用紙の上に自分の遊牧帝国を作ろうと志したことは確か。決して広くない土地だが、一ページごとに開いていくと果てしない豊かな空白。僕の夢を横切って疾走する馬もいれば、頑固な青い山羊や、永遠に沈黙を保ったままに死ぬ羊や、死んだ仲間のために盛大な葬式を行う牛もいた。月の砂漠を一層際立たせるかのように、ゆっくり姿を現すラクダもいた。オオカミもいた。

ペンで耕す。山地の蕎麦がおいしい。方眼のない原稿用紙に、幼い頃の夢が小さな白い花をいっぱい咲かせる。文字が熟する時、ことばが実る時、花が散る。

僕は独りぼっちの牧主なのだ。使用人もいらない。何もいらない。いるのはウルガとモンゴル語という馬だけ。僕のウルガは実に様々なペンであった。鉛筆（馬を走らせたままに描いて、消しゴムで消したこともよくあった）、毛筆、万年筆、ボールペン。14KのMONT BLANCも持っている。

詩、エッセイ、ラブレター、履歴書、伝言、主人公のない小説、何でも書いてみた。冬は痩せていくことばたち。ペンがふるえる。僕の手も終始それを握ったままにふるえる。権利や権力もふるえた。何にもない方向を凝視する視線もふるえた。

悲しい春もある。疲れ切ったことばたちが死んでいく。にぎやかな短い夏もある。天高く馬が肥える秋もある。

白くて寒い月が、星が茂るほうへ移動していく。僕の家（ゲル）なのだ。ウルガの影が落ちたところに文字がビッシリ生えていく。そこに蛇も隠れている。石もうるおっている。

　僕はこの頃よく馬の夢を見る。死んだ父がいつも愛馬の水黒で、よく日本にいる僕の小さな夢の中にやってくる。ウルガは弟に譲っていた。

　僕の馬は水黒より結構痩せているし、僕のペンもいつも渇いている。僕は第二の詩集「天の風」を父にささげた。不肖の息子が、それを自分の家畜と思っているのだ。

思い出のチラシ

――S・Y先生に

草原からは馬、バス、汽車、飛行機と
次々と乗り替えるが
池袋からは東武東上線の各停で十五分
東武練馬駅で下車　徒歩十分
今は目を閉じるといつも一秒
東京都板橋区徳丸一―二七―二六に
バヤモンド日本語学校があった

練馬とはいえ　馬場とはいえ
馬喰とはいえ　馬は昔を走った
練馬はコタツの上にした僕の目の前で
桜が咲いていた　桜が散っていた
競馬中継の日本語が分かるぐらいになって
僕はその学校を後にした

ミルク色の校舎　今は静か
ダイヤモンドに限りなく近い
普通の名前をなだらかにさかのぼっていく
モンゴル村——徳丸

誰かが今でも　チーズの匂いをした
汗を洗い落とすために　銭湯へ行く

踏み切りのところにだけ
少し　昔を思い出す余裕がある

快速は最寄駅にとまらないが
平成は徳丸でも
すでに十二年を過ぎている

檸檬屋のレモン

新宿で友人がやっていたビタミンCというバーに何度も行ったことがある。変わった名前だなと思いながら、テキーラをレモンと塩と楽しい話しで薄めながらたしなんだ。甘酸っぱい青春の思い出が蘇るような、そんな夜のことはいつまでも鮮明に残っている。そのような飲み屋が気に入ったためか、それからは、チェーン店がコンビニのようにいっぱいある居酒屋には足をあまり運ばなくなった。本当にビタミンCはよく効いた。

そんなある日、僕は檸檬屋という居酒屋に初めて行った。僕のゼミの荒川洋治先生が、文学サロンみたいなノミヤだという。お寺や神社がたくさんある、谷中の商店街を見下ろすかのような坂の上にあった。看板はなかった。もちろん赤提灯も、いらっしゃいませ、もなかった。僕が転々とアルバイトしている内に、居酒屋でも結構いろいろなことを学んできた。いわば僕の日本語大学の分校でもあったのだ。俗語、隠語、日本人の酒の飲み方、魚の名前と味等々を僕はそこで、この身で覚えたのだった。しかし檸檬屋のような居酒屋はどこにもなかった。マスターの住枝さんはすごく渋い男で、地元広島の名物で自慢のお好み焼きを出してくれた。うまかった。

個性で何かに抵抗し、個性で人々を魅了する、そんな小さな空間だった。そこに行ったのは、一杯飲もうという軽い気持ちのものではなかった。なんとややこしいビザ延長の相談であった。住枝さんは荒川先生の大学時代の先輩で、あの有名な処女詩集『娼婦論』の出版元の檸檬屋の主宰者でもあった。ここにはただの酒好きのオッサンたちではなく、文人墨客が雲集する。お酒を一滴も口にしない荒川洋治先生や宮崎学さんのような客もいれば、本来の色がすっかりあせても、歳月の色に深く染められたソファに心地よく泊まっていく客もいる。僕にはおだやかな港のように思えた。

住枝さんが相談に乗ってくれると、荒川先生が僕をそこに連れていってくれた。『突破者』で脚光を浴びた作家の宮崎学さんと、新聞社に勤務しているTさんを紹介してくれた。二人とも住枝さんの古い友だちだった。この二人が僕に合法滞在（不法滞在者になるとは思っていなかったが）することを保証してくれたのだった。そのおかげで、僕は好きな詩の勉強まで出来たし、檸檬屋の常連にもなってしまったのだ。こうして檸檬屋を皮切りに、僕の新しい人との触れ合いの一年が始まったのである。

住枝さんは僕のことをお客さんに「オレの弟のようなもので」と紹介する。そして「オマエは帰国して大学教授になれよ、その時オレはモンゴル草原に行くからな。そして、オイ、ボヤン、ゲルを立てろ、馬乳酒を持ってこいというからな」とよく口にする。もはや住枝さんと僕の、心と心の間にはすきまがなくなっていた。教授なんかにならなくても、いつもビンボウな詩人でいても、住枝さんのような先輩たちにそういわれることは、僕にとってまぎれもなく一つの安らぎなのだ。

檸檬屋の住所は西日暮里と書かれているが、実は日暮里駅で降りた方が近い。もしモンゴルで西という場所に行くため、西と東の間でバスから降りたら、気の毒なことになるのは間違いない。西に降りてもまだ西があるというその空虚の中に立って、僕は子どもの時、何でこの草原はこんなに広いのかと一人で涙を流したこともあるくらいだから。

檸檬屋のレモンはにぎやかに、あるいは静かに熟していることを僕は肌で分かる。その大きな枝の上に僕の思い出があり、その思い出がまたのびのびとした枝を北京まで、モンゴルまで伸ばしていく。僕はまだ青い。いつの日か甘酸っぱく、ややにがい大人になった時、きっとまた訪れるだろう。

経験としての日本語
——後書きにかえて

いうまでもなく、すべてのことばは経験によるものであるが、母語以外のことばの場合は、その経験の意味が違ってくる。フランス語のLengua（言語）と同じくモンゴル語のHEL(言語）にも舌の意もある。漢字の「話」はそれを見事にあらわしている。つまり、自分の肉体である舌で、他国や他民族のことばを自分のもののように操ることは、実に至難の技であることをいいたいのだ。母語になかった発音や文法構造などは大きな意味で、その異国や異民族の哲学の歴史そのものを物語っているのである。大人になってから外国語を習得するということは、決してオウム返しのようなものではない。実は僕にとって、最初の日本語から日本の経験が始まっている。例えば、「ありがとう」ということばにしても、モンゴル語では「バヤラルラ」は「喜びました」に当たるが、日本語では「有り」と「難う」という二つのことばの組み合わせになっている。「青信号」ということばも訳すと「緑信号」になるが、「青葉」や「青二才」などからみると、「緑」のニュアンスがあることは分かる。しかし、「青空」とくるとまた「青」の意味に移るのである。日本人はその場によって当たり前のように使い分けているが、外国人にとってはその微妙さが、歯がたたないほどの難しさである。

その日本語を書物で、生の生活で経験するしかない。そして流れているようなその経験を固定し、自分のエネルギーにするためには、日本語で自分を表現する文章を書きこなすことが肝心なのであった。日本語の奥までどれほど進んだか僕には自信もないが、大学院ではレポートや論文のようなものを外人ぽく書き、飲み屋では日本人らしく駄洒落も楽しんでいる。短い詩も日本語で書けるようになって、発表したこともある。やさしい喧嘩も日本語で出来そうな気がする。

宮崎学さんに励まされ、貴重な時間を惜しまず編集を担当して下さった、水野昌彦さんの協力を得ながら、このような文章を二ヵ月かけて書いてみたが、僕が大丈夫だと思っていたわが日本語はもう底をついた。あと二十年経っても、大きく変わることはないと思うが、僕はやっぱり日本語の表通りだけを歩いてきたようなものだった。経験が浅い。集中力が足りない。記憶力が衰えている。ずっと日本語で書いていると、手が自分の手でないようになっている。その時、「外人」ということばの意味がよく分かる。そして、七年あまりも目を通していない中国語やモンゴル語の書物の中にも、分からない新しいことばが数多く見られることを帰国した時に感じた。どこへ行っても「外人」になった僕がこの本の中に、自分の興味ある様々なテーマに触れたつもりだ。しかし、本当のテーマは日本語ということばだったかもしれない。新川和江さんの詩に

苦瓜を語るにも　水盤をうたふにも

場合場合に釣合った重さのことばを量りわけようと
わたくしの中の天秤は
終日　揺れやむことがない

というのがある。これは何語何語ということばを越えた普遍的なことばについて書いている詩だと思うが、僕の天秤は揺れも足りなかったし、その正確さも足りなかった。

いつどこへ行って、何語でしゃべっても、僕には日本語という予備の馬がいる。日本語の経験はつづく。僕はいつも「只今、放牧中」だ。

［著者略歴］

ボヤンヒシグ（宝音賀希格）

1962年　10月1日　中国内モンゴル自治区に生まれる。

1985年　内モンゴル大学モンゴル語言文学科を卒業

　　1992年まで、北京民族出版社に勤務する。

1992年　来日

　　バヤモンド日本語学校で二年間日本語を勉強する。

1998年　法政大学大学院日本文学専攻修士課程修了。

修士論文のテーマは「鮎川信夫の詩の曖昧性」

詩集に「片方の月」（モンゴル語）、「天の風」（モンゴル語）

「遥かなる星の光」（中国語、共著）などがある。

懐情の原形（かいじょうのげんけい）
ナラン（日本）への置き手紙

発行日
二〇〇〇年（平成十二年）四月十日　第一版　第一刷発行
二〇〇五年（平成十七年）十月五日　第一版　第二刷発行

著者
ボヤンヒシグ

発行者
原田英治

発行所
英治出版株式会社
郵便番号　一五〇―〇〇二二
東京都渋谷区恵比寿南一―九―十二　ピトレスクビル四階
電話　〇三（五七七三）〇一九三
ファクス　〇三（五七七三）〇一九四

印刷
松代印刷株式会社

製本所
株式会社　ブックアート

ISBN4-901234-04-8 C0095

出版に当たって協力したメンバー関連のWebサイト

http://www.zorro-me.com/miyazaki/
http://www.agrias.com/amazon/
http://www.ic.u-tokyo.ac.jp/adv/
http://www.nara-edu.ac.jp/~maedak/bscj/index.htm

英治出版ホームページ　http://www.eijipress.co.jp
本書へのご意見：editor@eijipress.co.jp
ご注文：order@eijipress.co.jp　郵便振替：00190-2-144360

[illegible]

[illegible]

[illegible]

[illegible]